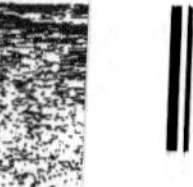

NOUVEAU RÉPERTOIRE,

Ancien et Moderne,

DE TOUS LES THÉATRES DE FRANCE.

BÉRÉNICE,

TRAGÉDIE EN 5 ACTES ET EN VERS.

PARIS,
BERLANDIER, LIBRAIRE-ÉDITEUR,
RUE CHILPÉRIC, 4.
1838.

BÉRÉNICE,

TRAGÉDIE EN CINQ ACTES ET EN VERS,

Par J. Racine.

1670.

PERSONNAGES.

Titus, empereur de Rome.
Bérénice, reine de Palestine.
Antiochus, roi de Comagène.
Paulin, confident de Titus.
Arsace, confident d'Anthiocus.
Phénice, confidente de Bérénice.
Rutile, Romain.
Suite de Titus.

La scène est à Rome, dans un cabinet qui est entre l'appartement de Titus et celui de Bérénice.

ACTE PREMIER.

SCÈNE I.

ANTIOCHUS, ARSACE.

ANTIOCHUS.

Arrêtons un moment : la pompe de ces lieux,
Je le vois bien, Arsace, est nouvelle à tes yeux.
Souvent ce cabinet, superbe et solitaire,
Des secrets de Titus est le dépositaire :
C'est ici quelquefois qu'il se cache à sa cour
Lorsqu'il vient à la reine expliquer son amour.
De son appartement cette porte est prochaine,
Et cette autre conduit dans celui de la reine.
Va chez elle : dis-lui qu'importun à regret.
J'ose lui demander un entretien secret.

ARSACE.

Vous, seigneur, importun? vous cet ami fidèle
Qu'un soin si généreux intéresse pour elle !
Vous cet Antiochus son amant autrefois ?
Vous que l'Orient compte entre ses plus grands rois?
Quoi ! déjà de Titus épouse en espérance,
Ce rang entre elle et vous met-il tant de distance?

ANTIOCHUS.

Va, dis-je; et, sans vouloir te charger d'autres soins,
Vois si je puis bientôt lui parler sans témoins.

SCÈNE II.

ANTIOCHUS.

Eh bien ! Antiochus, es-tu toujours le même ?
Pourrai-je sans trembler lui dire : Je vous aime ?
Mais quoi ! déjà je tremble, et mon cœur agité
Craint autant ce moment que je l'ai souhaité.
Bérénice autrefois m'ôta toute espérance ;
Elle m'imposa même un éternel silence.
Je me suis tu cinq ans, et jusques à ce jour
D'un voile d'amitié j'ai couvert mon amour.
Dois-je croire qu'au rang où Titus la destine
Elle m'écoute mieux que dans la Palestine ?
Il l'épouse. Ai-je donc attendu ce moment
Pour me venir encor déclarer son amant ?
Quel fruit me reviendra d'un aveu téméraire ?
Ah ! puisqu'il faut partir, partons sans lui déplaire.
Retirons-nous, sortons ; et sans nous découvrir
Allons loin de ses yeux l'oublier ou mourir.
Eh quoi! souffrir toujours un tourment qu'elle ignore
Toujours verser des pleurs qu'il faut que je dévore !
Quoi ! même en la perdant redouter son courroux !
Belle reine, et pourquoi vous offenseriez-vous ?
Viens-je vous demander que vous quittiez l'empire?
Que vous m'aimiez? Hélas ! je ne viens que vous dire
Qu'après m'être long-temps flatté que mon rival
Trouverait à ses vœux quelque obstacle fatal,
Aujourd'hui qu'il peut tout, que votre hymen s'a-
Exemple infortuné d'une longue constance, [vance,
Après cinq ans d'amour et d'espoir superflus,
Je pars, fidèle encor quand je n'espère plus.
Au lieu de s'offenser, elle pourra me plaindre. [dre
Quoiqu'il en soit, parlons; c'est assez nous contrain-
Et que peut craindre, hélas ! un amant sans espoir
Qui peut bien se résoudre à ne la jamais voir ?

SCÈNE III.

ANTIOCHUS, ARSACE.

ANTIOCHUS.

Arsace, entrerons-nous ?

ARSACE.

Seigneur, j'ai vu la reine ;
Mais pour me faire voir je n'ai percé qu'à peine
Les flots toujours nouveaux d'un peuple adorateur
Qu'attire sur ses pas sa prochaine grandeur.
Titus, après huit jours d'une retraite austère,
Cesse enfin de pleurer Vespasien, son père :
Cet amant se redonne aux soins de son amour ;
Et, si j'en crois, seigneur l'entretien de la cour,
Peut-être avant la nuit l'heureuse Bérénice
Change le nom de reine au nom d'impératrice.

ANTIOCHUS.

Hélas !

ARSACE.

Quoi ! ce discours pourrait-il vous troubler ?

ANTIOCHUS.

Ainsi donc sans témoins je ne lui puis parler ?

ARSACE.

Vous la verrez, seigneur : Bérénice est instruite
Que vous voulez ici la voir seule et sans suite
La reine d'un regard a daigné m'avertir

Qu'à votre empressement elle allait consentir ;
Et sans doute elle attend le moment favorable
Pour disparaître aux yeux d'une cour qui l'accable.

ANTIOCHUS.

Il suffit. Cependant n'as-tu rien négligé
Des ordres importans dont je t'avais chargé ?

ARSACE.

Seigneur, vous connaissez ma prompte obéissance.
Des vaisseaux dans Ostie armés en diligence,
Prêts à quitter le port de momens en momens,
N'attendent pour partir que vos commandemens.
Mais qui renvoyez-vous dans votre Comagène ?

ANTIOCHUS.

Arsace, il faut partir quand j'aurai vu la reine.

ARSACE.

Qui doit partir ?

ANTIOCHUS.

Moi.

ARSACE.

Vous ?

ANTIOCHUS.

En sortant du palais
Je sors de Rome, Arsace, et j'en sors pour jamais.

ARSACE.

Je suis surpris sans doute, et c'est avec justice.
Quoi ! depuis si long-temps la reine Bérénice
Vous arrache, seigneur, du sein de vos états ;
Depuis trois ans dans Rome elle arrête vos pas ;
Et lorsque cette reine assurant sa conquête,
Vous attend pour témoin de cette illustre fête,
Quand l'amoureux Titus, devenant son époux,
Lui prépare un éclat qui réjaillit sur vous...

ANTIOCHUS.

Arsace, laisse-la jouir de sa fortune,
Et quitte un entretien dont le cours m'importune.

ARSACE.

Je vous entends seigneur : ces mêmes dignités
Ont rendu Bérénice ingrate à vos bontés ;
L'inimitié succède à l'amitié trahie.

ANTIOCHUS.

Non, Arsace, jamais je ne l'ai moins haïe.

ARSACE.

Quoi donc ! de sa grandeur déjà trop prévenu,
Le nouvel empereur vous a-t-il méconnu ?
Quelque pressentiment de son indifférence
Vous fait-il loin de Rome éviter sa présence ?

ANTIOCHUS.

Titus n'a point pour moi paru se démentir :
J'aurais tort de me plaindre.

ARSACE.

Et pourquoi donc partir ?
Quel caprice vous rend ennemi de vous-même ?
Le ciel met sur le trône un prince qui vous aime,
Un prince qui, jadis témoin de vos combats,
Vous vit chercher la gloire et la mort sur ses pas,
Et de qui la valeur, par vos soins secondée,
Mit enfin sous le joug la rebelle Judée.
Il se souvient du jour illustre et douloureux
Qui décida du sort d'un long siége douteux.
Sur leur triple rempart les ennemis tranquilles
Contemplaient sans péril nos assauts inutiles ;
Le bélier impuissant les menaçait en vain :
Vous seul, seigneur, vous seul, une échelle à la main
Vous portâtes la mort jusque sur leurs murailles.
Ce jour presque éclaira vos propres funérailles :
Titus vous embrassa mourant entre mes bras,
Et tout le camp vainqueur pleura votre trépas.
Voici le temps, seigneur, où vous devez attendre
Le fruit de tant de sang qu'ils vous ont vu répandre.
Si, pressé du désir de revoir vos états,
Vous vous lassez de vivre où vous ne régnez pas,
Faut-il que sans honneurs l'Euphrate vous revoie ?
Attendez pour partir que César vous renvoie
Triomphant et chargé de titres souverains
Qu'ajoute encore aux rois l'amitié des Romains.
Rien ne peut-il, seigneur, changer votre entreprise ?
Vous ne répondez point !

ANTIOCHUS.

Que veux-tu que je dise ?
J'attends de Bérénice un moment d'entretien.

ARSACE.

Eh bien, seigneur ?

ANTIOCHUS.

Son sort décidera du mien.

ARSACE.

Comment ?

ANTIOCHUS.

Sur son hymen j'attends qu'elle s'explique.
Si sa bouche s'accorde avec la voix publique,
S'il est vrai qu'on l'élève au trône des Césars,
Si Titus a parlé, s'il l'épouse, je pars.

ARSACE.

Mais qui rend à vos yeux cet hymen si funeste ?

ANTIOCHUS.

Quand nous serons partis je te dirai le reste.

ARSACE.

Dans quel trouble, seigneur, jetez-vous mon esprit !

ANTIOCHUS.

La reine vient. Adieu. Fais tout ce que j'ai dit.

SCÈNE IV.

BÉRÉNICE, ANTIOCHUS, PHÉNICE.

BÉRÉNICE.

Enfin je me dérobe à la joie importune
De tant d'amis nouveaux que me fait la fortune :
Je fuis de leurs respects l'inutile longueur
Pour chercher un ami qui me parle du cœur.
Il ne faut point mentir, ma juste impatience
Vous accusait déjà de quelque négligence.
Quoi ! cet Antiochus, disais-je, dont les soins
Ont eu tout l'Orient et Rome pour témoins ;
Lui que j'ai vu toujours, constant dans mes traverses,
Suivre d'un pas égal mes fortunes diverses ;
Aujourd'hui que les dieux semblent me présager
Un honneur qu'avec lui je prétends partager ;
Ce même Antiochus, se cachant à ma vue,
Me laisse à la merci d'une foule inconnue !

ANTIOCHUS.

Il est donc vrai, madame ? et, selon ce discours,
L'hymen va succéder à vos longues amours ?

BÉRÉNICE.

Seigneur, je vous veux bien confier mes alarmes.
Ces jours ont vu mes yeux baignés de quelques larmes ;
Ce long deuil que Titus imposait à sa cour
Avait même en secret suspendu son amour ;
Il n'avait plus pour moi cette ardeur assidue
Lorsqu'il passait les jours attaché sur ma vue ;
Muet, chargé de soins et les larmes aux yeux,
Il ne me laissait plus que de tristes adieux.
Jugez de ma douleur, moi dont l'ardeur extrême,
Je vous l'ai dit cent fois, n'aime en lui que lui-même
Moi qui, loin des grandeurs dont il est revêtu,
Aurais choisi son cœur et cherché sa vertu.

ANTIOCHUS.

Il a repris pour vous sa tendresse première ?

BÉRÉNICE.

Vous fûtes spectateur de cette nuit dernière,
Lorsque, pour seconder ses soins religieux,
Le sénat a placé son père entre les dieux.
De ce juste devoir sa piété contente
A fait place, seigneur, aux soins de son amante;
Et même en ce moment, sans qu'il m'en ait parlé,
Il est dans le sénat par son ordre assemblé.
Là de la Palestine il étend la frontière;
Il y joint l'Arabie et la Syrie entière;
Et si de ses amis j'en dois croire la voix,
Si j'en crois ses sermens redoublés mille fois,
Il va sur tant d'états couronner Bérénice
Pour joindre à plus de noms celui d'impératrice.
Il m'en viendra lui-même assurer en ce lieu.

ANTIOCHUS.

Et je viens donc vous dire un éternel adieu.

BÉRÉNICE.

Que dites-vous! Ah! ciel, quel adieu! quel langage!
Prince, vous vous troublez et changez de visage!

ANTIOCHUS.

Madame, il faut partir.

BÉRÉNICE.

Quoi! ne puis-je savoir
Quel sujet....

ANTIOCHUS *à part.*

Il fallait partir sans la revoir.

BÉRÉNICE.

Que craignez-vous? Parlez c'est trop long-temps se taire.
Seigneur, de ce départ quel est donc le mystère?

ANTIOCHUS.

Au moins souvenez-vous que je cède à vos lois,
Et que vous m'écoutez pour la dernière fois.
Si dans ce haut degré de gloire et de puissance
Il vous souvient des lieux où vous prîtes naissance,
Madame, il vous souvient que mon cœur en ces lieux
Reçut le premier trait qui partit de vos yeux:
J'aimai. J'obtins l'aveu d'Agrippa, votre frère:
Il vous parla pour moi. Peut-être sans colère
Alliez-vous de mon cœur recevoir le tribut;
Titus pour mon malheur vint, vous vit et vous plut.
Il parut devant vous dans tout l'éclat d'un homme
Qui porte entre ses mains la vengeance de Rome.
La Judée en pâlit: le triste Antiochus
Se compta le premier au nombre des vaincus.
Bientôt, de mon malheur interprète sévère,
Votre bouche à la mienne ordonna de se taire.
Je disputai long-temps; je fis parler mes yeux:
Mes pleurs et mes soupirs vous suivaient en tous lieux
Enfin votre rigueur emporta la balance;
Vous sûtes m'imposer l'exil ou le silence.
Il fallut le promettre, et même le jurer:
Mais, puisqu'en ce moment j'ose me déclarer,
Lorsque vous m'arrachiez cette injuste promesse
Mon cœur faisait serment de vous aimer sans cesse.

BÉRÉNICE.

Ah! que me dites-vous?

ANTIOCHUS.

Je me suis tu cinq ans.
Madame, et vais encor me taire plus long-temps.
De mon heureux rival j'accompagnai les armes;
J'espérai de verser mon sang après mes larmes,
Ou qu'au moins jusqu'à vous porté par mille exploits
Mon nom pourrait parler au défaut de ma voix.
Le ciel sembla promettre une fin à ma peine:
Vous pleurâtes ma mort, hélas! trop peu certaine.
Inutiles périls! quelle était mon erreur!
La valeur de Titus surpassait ma fureur:
Il faut qu'à sa vertu mon estime réponde.
Quoique attendu, madame, à l'empire du monde,
Chéri de l'univers, enfin aimé de vous,
Il semblait à lui seul appeler tous les coups
Tandis que, sans espoir, haï, lassé de vivre,
Son malheureux rival ne semblait que le suivre.
Je vois que votre cœur m'applaudit en secret;
Je vois que l'on m'écoute avec moins de regret;
Et que, trop attentive à ce récit funeste,
En faveur de Titus vous pardonnez le reste.
Enfin, après un siége aussi cruel que lent,
Il dompta les mutins, reste pâle et sanglant
Des flammes, de la faim, des fureurs intestines,
Et laissa leurs remparts cachés sous leurs ruines:
Rome vous vit, madame, arriver avec lui.
Dans l'Orient désert quel devint mon ennui!
Je demeurai long-temps errant dans Césarée,
Lieux charmans, où mon cœur vous avait adorée:
Je vous redemandais à vos tristes états;
Je cherchais en pleurant les traces de vos pas.
Mais enfin, succombant à ma mélancolie,
Mon désespoir tourna mes pas vers l'Italie:
Le sort m'y réservait le dernier de ses coups.
Titus en m'embrassant m'emmena devant vous:
Un voile d'amitié vous trompa l'un et l'autre,
Et mon amour devint le confident du vôtre.
Mais toujours quelque espoir flattait mes déplaisirs,
Rome, Vespasien traversaient vos soupirs:
Après tant de combats Titus cédait peut-être.
Vespasien est mort, et Titus est le maître.
Que ne fuyais-je alors! J'ai voulu quelques jours
De son nouvel empire examiner le cours.
Mon sort est accompli: votre gloire s'apprête.
Assez d'autres sans moi témoins de cette fête
A vos heureux transports viendront joindre les leurs:
Pour moi, qui ne pourrais y mêler que des pleurs,
D'un inutile amour trop constante victime,
Heureux dans mes malheurs d'en avoir pu sans crime
Conter toute l'histoire aux yeux qui les ont faits,
Je pars plus amoureux que je ne fus jamais.

BÉRÉNICE.

Seigneur, je n'ai pas cru que, dans une journée
Qui doit avec César unir ma destinée,
Il fût quelque mortel qui pût impunément
Se venir à mes yeux déclarer mon amant.
Mais de mon amitié mon silence est un gage:
J'oublie en sa faveur un discours qui m'outrage.
Je n'en ai point troublé le cours injurieux;
Je fais plus, à regret je reçois vos adieux.
Le ciel sait qu'au milieu des honneurs qu'il m'envoie
Je n'attendais que vous pour témoin de ma joie:
Avec tout l'univers j'honorais vos vertus;
Titus vous chérissait, vous admiriez Titus.
Cent fois je me suis fait une douceur extrême
D'entretenir Titus dans un autre lui-même.

ANTIOCHUS.

Et c'est ce que je fuis. J'évite, mais trop tard,
Ces cruels entretiens où je n'ai point de part,
Je fuis Titus; je fuis ce nom qui m'inquiète,
Ce nom qu'à tous momens votre bouche répète:
Que vous dirai-je enfin? je fuis des yeux distraits,
Qui, me voyant toujours, ne me voyaient jamais.
Adieu. Je vais, le cœur trop plein de votre image,
Attendre en vous aimant la mort pour mon partage.
Surtout ne craignez point qu'une aveugle douleur
Remplisse l'univers du bruit de mon malheur;

Madame, le seul bruit d'une mort que j'implore
Vous fera souvenir que je vivais encore.
Adieu.

SCÈNE V.

BÉRÉNICE, PHÉNICE.

PHÉNICE.

Que je le plains! Tant de fidélité,
Madame, méritait plus de prospérité.
Ne le plaignez-vous pas?

BÉRÉNICE.

Cette prompte retraite
Me laisse, je l'avoue, une douleur secrète.

PHÉNICE.

Je l'aurais retenu.

BÉRÉNICE.

Qui, moi? le retenir!
J'en dois perdre plutôt jusques au souvenir.
Tu veux donc que je flatte une ardeur insensée?

PHÉNICE.

Titus n'a point encore expliqué sa pensée.
Rome vous voit, madame, avec des yeux jaloux:
La rigueur de ses lois m'épouvante pour vous.
L'hymen chez les Romains n'admet qu'une Romaine
Rome hait tous les rois, et Bérénice est reine.

BÉRÉNICE.

Le temps n'est plus, Phénice, où je pouvais trembler.
Titus m'aime, il peut tout: il n'a plus qu'à parler:
Il verra le sénat m'apporter ses hommages,
Et le peuple de fleurs couronner ses images.
De cette nuit, Phénice, as-tu vu la splendeur?
Tes yeux ne sont-ils pas tout pleins de sa grandeur?
Ces flambeaux, ce bûcher, cette nuit enflammée,
Ces aigles, ces faisceaux, ce peuple, cette armée,
Cette foule de rois, ce consul, ce sénat,
Qui tous de mon amant empruntaient leur éclat;
Cette pourpre, cet or, que rehaussait sa gloire,
Et ces lauriers encor, témoins de sa victoire:
Tous ces yeux qu'on voyait venir de toutes parts
Confondre sur lui seul leurs avides regards;
Ce port majestueux, cette douce présence...
Ciel! avec quel respect et quelle complaisance
Tous les cœurs en secret l'assuraient de leur foi!
Parle: peut-on le voir sans penser comme moi
Qu'en quelque obscurité que le sort l'eût fait naître
Le monde en le voyant eût reconnu son maître?
Mais. Phénice, où m'emporte un souvenir charmant?
Cependant Rome entière en ce même moment
Fait des vœux pour Titus, et par des sacrifices
De son règne naissant célèbre les prémices.
Que tardons-nous? allons pour son empire heureux
Au ciel qui le protége offrir aussi nos vœux.
Aussitôt sans l'attendre, et sans être attendue,
Je reviens le chercher, et dans cette entrevue
Dire tout ce qu'aux cœurs l'un de l'autre contens
Inspirent des transports retenus si long-temps.

ACTE SECOND.

SCÈNE I.

TITUS, PAULIN, SUITE.

TITUS.

A-t-on vu de ma part le roi de Comagène?
Sait-il que je l'attends?

PAULIN.

J'ai couru chez la reine;
Dans son appartement ce prince avait paru;
Il en était sorti lorsque j'y suis couru.
De vos ordres, seigneur, j'ai dit qu'on l'avertisse.

TITUS.

Il suffit. Et que fait la reine Bérénice?

PAULIN.

La reine en ce moment, sensible à vos bontés,
Charge le ciel de vœux pour vos prospérités.
Elle sortait, seigneur.

TITUS.

Trop aimable princesse!
Hélas!

PAULIN.

En sa faveur d'où naît cette tristesse?
L'Orient presque entier va fléchir sous sa loi:
Vous la plaignez?

TITUS.

Paulin, qu'on vous laisse avec moi.

SCÈNE II.

TITUS, PAULIN.

TITUS.

Eh bien, de mes desseins Rome encore incertaine
Attend que deviendra le destin de la reine,
Paulin; et les secrets de son cœur et du mien
Sont de tout l'univers devenus l'entretien.
Voici le temps enfin qu'il faut que je m'explique.
De la reine et de moi que dit la voix publique?
Parlez; qu'entendez-vous?

PAULIN.

J'entends de tous côtés
Publier vos vertus, seigneur, et ses beautés.

TITUS.

Que dit-on des soupirs que je pousse pour elle?
Quel succès attend-on d'un amour si fidèle?

PAULIN.

Vous pouvez tout: aimez, cessez d'être amoureux;
La cour sera toujours du parti de vos vœux.

TITUS.

Et je l'ai vue aussi cette cour peu sincère,
A ses maîtres toujours trop soigneuse de plaire,
Des crimes de Néron approuver les horreurs;
Je l'ai vue à genoux consacrer ses fureurs.
Je ne prends point pour juge une cour idolâtre,
Paulin, je me propose un plus ample théâtre;
Et, sans prêter l'oreille à la voix des flatteurs,
Je veux par votre bouche entendre tous les cœurs;
Vous me l'avez promis. Le respect et la crainte
Ferment autour de moi le passage à la plainte:
Pour mieux voir, cher Paulin, et pour entendre mieux
Je vous ai demandé des oreilles, des yeux;
J'ai mis même à ce prix mon amitié secrète;
J'ai voulu que des cœurs vous fussiez l'interprète;
Qu'au travers des flatteurs votre sincérité
Fît toujours jusqu'à moi passer la vérité.

Parlez donc. Que faut-il que Bérénice espère?
Rome lui sera-t-elle indulgente ou sévère?
Dois-je croire qu'assise au trône des Césars
Une si belle reine offensât ses regards?

PAULIN.

N'en doutez point, seigneur: soit raison, soit caprice,
Rome ne l'attend point pour son impératrice.
On sait qu'elle est charmante, et de si belles mains
Semblent vous demander l'empire des humains;
Elle a même dit-on, le cœur d'une Romaine,
Elle a mille vertus; mais, seigneur, elle est reine.
Rome, par une loi qui ne se peut changer,
N'admet avec son sang aucun sang étranger,
Et ne reconnaît point les fruits illégitimes
Qui naissent d'un hymen contraire à ses maximes.
D'ailleurs, vous le savez, en banissant ses rois
Rome à ce nom, si noble et si saint autrefois,
Attacha pour jamais une haine puissante;
Et quoiqu'à ses Césars fidèle, obéissante,
Cette haine, seigneur, reste de sa fierté,
Survit dans tous les cœurs après la liberté.
Jules, qui le premier la soumit à ses armes,
Qui fit taire les lois dans le bruit des alarmes,
Brûla pour Cléopâtre, et sans se déclarer
Seule dans l'Orient la laissa soupirer.
Antoine, qui l'aima jusqu'à l'idolâtrie,
Oublia dans son sein sa gloire et sa patrie.
Sans oser toutefois se nommer son époux,
Rome l'alla chercher jusques à ses genoux,
Et ne désarma point sa fureur vengeresse
Qu'elle n'eût accablé l'amant et la maîtresse
Depuis ce temps, seigneur, Caligula, Néron,
Monstres dont à regret je cite ici le nom,
Et qui, ne conservant que la figure d'homme,
Foulèrent à leurs pieds toutes les lois de Rome,
Ont craint cette loi seule, et n'ont point à nos yeux
Allumé le flambeau d'un hymen odieux.
Vous m'avez commandé surtout d'être sincère.
De l'affranchi Pallas nous avons vu le frère,
Des fers de Claudius Félix encor flétri
De deux reines, seigneur, devenir le mari;
Et, s'il faut jusqu'au bout que je vous obéisse,
Ces deux reines étaient du sang de Bérénice.
Et vous croiriez pouvoir sans blesser nos regards
Faire entrer une reine au lit de nos Césars,
Tandis que l'Orient dans le lit de ses reines
Voit passer un esclave au sortir de nos chaînes!
C'est ce que les Romains pensent de votre amour;
Et je ne réponds pas avant la fin du jour
Que le sénat, chargé des vœux de tout l'empire,
Ne vous redise ici ce que je viens de dire;
Et que Rome avec lui tombant à vos genoux
Ne vous demande un choix digne d'elle et de vous.
Vous pouvez préparer, seigneur, votre réponse.

TITUS.

Hélas! à quel amour on veut que je renonce!

PAULIN

Cet amour est ardent, il le faut confesser.

TITUS.

Plus ardent mille fois que tu ne peux penser,
Paulin. Je me suis fait un plaisir nécessaire
De la voir chaque jour, de l'aimer, de lui plaire.
J'ai fait plus, je n'ai rien de secret à tes yeux,
J'ai pour elle cent fois rendu grâces aux dieux
D'avoir suivi mon père au fond de l'Idumée,
D'avoir rangé sous lui l'Orient et l'armée,
Et, soulevant encor le reste des humains,
Remis Rome sanglante en ses paisibles mains.
J'ai même souhaité la place de mon père;
Moi, Paulin, qui cent fois, si le sort moins sévère
Eût voulu de sa vie étendre les liens,
Aurais donné mes jours pour prolonger les siens:
Tout cela (qu'un amant sait mal ce qu'il désire!)
Dans l'espoir d'élever Bérénice à l'empire,
De reconnaître un jour son amour et sa foi
Et de voir à ses pieds tout le monde avec moi.
Malgré tout mon amour, Paulin, et tous ses charmes,
Après mille sermens appuyés de mes larmes,
Maintenant que je puis couronner tant d'attraits,
Maintenant que je l'aime encor plus que jamais,
Lorsqu'un heureux hymen joignant nos destinées
Peut payer en un jour les vœux de cinq années,
Je vais, Paulin.. O ciel! puis-je le déclarer!

PAULIN.

Quoi, seigneur?

TITUS.

Pour jamais je vais m'en séparer.
Mon cœur en ce moment ne vient pas de se rendre:
Si je t'ai fait parler, si j'ai voulu t'entendre,
Je voulais que ton zèle achevât en secret
De confondre un amour qui se tait à regret.
Bérénice a long-temps balancé la victoire;
Et si je penche enfin du côté de ma gloire
Crois qu'il m'en a coûté pour vaincre tant d'amour
Des combats dont mon cœur saignera plus d'un jour.
J'aimais, je soupirais dans une paix profonde;
Un autre était chargé de l'empire du monde:
Maître de mon destin, libre dans mes soupirs,
Je ne rendais qu'à moi compte de mes désirs.
Mais à peine le ciel eut rappelé mon père,
Dès que ma triste main eut fermé sa paupière,
De mon aimable erreur je fus désabusé:
Je sentis le fardeau qui m'était imposé;
Je connus que bientôt, loin d'être à ce que j'aime,
Il fallait, cher Paulin, renoncer à moi-même;
Et que le choix des dieux, contraire à mes amours,
Livrait à l'univers le reste de mes jours.
Rome observe aujourd'hui ma conduite nouvelle:
Quelle honte pour moi, quel présage pour elle
Si, dès le premier pas renversant tous ses droits,
Je fondais mon bonheur sur les débris des lois!
Résolu d'accomplir ce cruel sacrifice,
J'y voulus préparer la triste Bérénice:
Mais par où commencer? Vingt fois depuis huit jours
J'ai voulu devant elle en ouvrir le discours,
Et dès le premier mot ma langue embarrassée
Dans ma bouche vingt fois a demeuré glacée.
J'espérais que du moins mon trouble et ma douleur
Lui feraient pressentir notre commun malheur:
Mais, sans me soupçonner, sensible à mes alarmes,
Elle m'offre sa main pour essuyer mes larmes;
Et ne prévoit rien moins dans cette obscurité
Que la fin d'un amour qu'elle a trop mérité.
Enfin j'ai ce matin rappelé ma constance:
Il faut la voir, Paulin, et rompre le silence.
J'attends Antiochus pour lui recommander
Ce dépôt précieux que je ne puis garder:
Jusque dans l'Orient je veux qu'il la ramène.
Demain Rome avec lui verra partir la reine.
Elle en sera bientôt instruite par ma voix,
Et je vais lui parler pour la dernière fois.

PAULIN.

Je n'attendais pas moins de cet amour de gloire
Qui partout après vous attacha la victoire.
La Judée asservie et ses remparts fumans;
De cette noble ardeur éternels monumens,

Me répondaient assez que votre grand courage
Ne voudrait pas, seigneur, détruire son ouvrage,
Et qu'un héros vainqueur de tant de nations
Saurait bien tôt ou tard vaincre ses passions.

TITUS.

Ah! que sous de beaux noms cette gloire est cruelle!
Combien mes tristes yeux la trouveraient plus belle
S'il ne fallait encor qu'affronter le trépas!
Que dis-je! cette ardeur que j'ai pour ses appas,
Bérénice en mon sein l'a jadis allumée.
Tu ne l'ignores pas : toujours la renommée
Avec le même éclat n'a pas semé mon nom;
Ma jeunesse, nourrie à la cour de Néron,
S'égarait, cher Paulin, par l'exemple abusée,
Et suivait du plaisir la pente trop aisée.
Bérénice me plut. Que ne fait point un cœur
Pour plaire à ce qu'il aime et gagner son vainqueur?
Je prodiguai mon sang : tout fit place à mes armes :
Je revins triomphant. Mais le sang et les larmes
Ne me suffisaient pas pour mériter ses vœux :
J'entrepris le bonheur de mille malheureux.
On vit de toutes parts mes bontés se répandre;
Heureux et plus heureux que tu ne peux comprendre
Quand je pouvais paraître à ses yeux satisfaits
Chargé de mille cœurs conquis par mes bienfaits!
Je lui dois tout, Paulin. Récompense cruelle!
Tout ce que je lui dois va retomber sur elle :
Pour prix de tant de gloire et de tant de vertus
Je lui dirai : Partez, et ne me voyez plus.

PAULIN.

Eh quoi! seigneur, eh quoi! cette magnificence
Qui va jusqu'à l'Euphrate étendre sa puissance,
Tant d'honneurs dont l'excès a surpris le sénat,
Vous laissent-ils encor craindre le nom d'ingrat?
Sur cent peuples nouveaux Bérénice commande,

TITUS.

Faibles amusemens d'une douleur si grande!
Je connais Bérénice, et ne sais que trop bien
Que son cœur n'a jamais demandé que le mien.
Je l'aimai, je lui plus. Depuis cette journée,
(Dois-je dire funeste, hélas! ou fortunée?)
Sans avoir en aimant d'objet que son amour,
Etrangère dans Rome, inconnue à la cour,
Elle passe ses jours, Paulin, sans rien prétendre
Que quelque heure à me voir, et le reste à m'attendre.
Encor, si quelquefois un peu moins assidu
Je passe le moment où je suis attendu,
Je la revois bientôt de pleurs toute trempée :
Ma main à les sécher est long-temps occupée.
Enfin tout ce qu'amour a de nœuds plus puissans,
Doux reproches, transports sans cesse renaissans,
Soin de plaire sans art, crainte toujours nouvelle,
Beauté, gloire, vertu, je trouve tout en elle.
Depuis cinq ans entiers chaque jour je la vois,
Et crois toujours la voir pour la première fois.
N'y songeons plus. Allons, cher Paulin : plus j'y pense
Plus je sens chanceler ma cruelle constance.
Quelle nouvelle, ô ciel, je lui vais annoncer!
Encore un coup, allons, il n'y faut plus penser.
Je connais mon devoir, c'est à moi de le suivre;
Je n'examine point si j'y pourrai survivre.

SCÈNE III.

TITUS, PAULIN, RUTILE.

RUTILE.

Bérénice, seigneur, demande à vous parler.

TITUS.

Ah! Paulin.

PAULIN.

Quoi! déjà vous semblez reculer!
De vos nobles projets, seigneur, qu'il vous souvienne
Voici le temps.

TITUS.

Eh bien! voyons-la. Qu'elle vienne.

SCÈNE IV.

BÉRÉNICE, TITUS, PAULIN, PHÉNICE.

BÉRÉNICE.

Ne vous offensez pas si mon zèle indiscret
De votre solitude interrompt le secret.
Tandis qu'autour de moi votre cour assemblée
Retentit des bienfaits dont vous m'avez comblée,
Est-il juste, seigneur, que seule en ce moment
Je demeure sans voix et sans ressentiment?
Mais, seigneur, (car je sais que cet ami sincère
Du secret de nos cœurs connaît tout le mystère)
Votre deuil est fini, rien n'arrête vos pas,
Vous êtes seul enfin, et ne me cherchez pas.
J'entends que vous m'offrez un nouveau diadème,
Et ne puis cependant vous entendre vous-même.
Hélas! plus de repos, seigneur, et moins d'éclat :
Votre amour ne peut-il paraître qu'au sénat?
Ah, Titus! (car enfin l'amour fuit la contrainte
De tous ces noms que suit le respect et la crainte)
De quel soin votre amour va-t-il s'importuner?
N'a-t-il que des états qu'il me puisse donner?
Depuis quand croyez-vous que ma grandeur me tou-
Un soupir, un regard, un mot de votre bouche, [che?
Voilà l'ambition d'un cœur comme le mien :
Voyez-moi plus souvent, et ne me donnez rien.
Tous vos momens sont-ils dévoués à l'empire?
Ce cœur après huit jours n'a-t-il rien à me dire?
Qu'un mot va rassurer mes timides esprits!
Mais parliez-vous de moi quand je vous ai surpris?
Dans vos secrets discours étais-je intéressée,
Seigneur? étais-je au moins présente à la pensée?

TITUS.

N'en doutez point, madame; et j'atteste les dieux
Que toujours Bérénice est présente à mes yeux.
L'absence ni le temps, je vous le jure encore,
Ne vous peuvent ravir ce cœur qui vous adore.

BÉRÉNICE.

Eh quoi! vous me jurez une éternelle ardeur,
Et vous me la jurez avec cette froideur!
Pourquoi même du ciel attester la puissance?
Faut-il par des sermens vaincre ma défiance?
Mon cœur ne prétend point, seigneur, vous démentir,
Et je vous en croirai sur un simple soupir.

TITUS.

Madame...

BÉRÉNICE.

Eh bien! seigneur? Mais quoi! sans me répondre
Vous détournez les yeux, et semblez vous confondre!
Ne m'offrirez-vous plus qu'un visage interdit?
Toujours la mort d'un père occupe votre esprit;
Rien ne peut-il charmer l'ennui qui vous dévore?

TITUS.

Plût aux dieux que mon père, hélas! vécût encore!
Que je vivais heureux!

BÉRÉNICE.

Seigneur, tous ces regrets

De votre piété sont de justes effets.
Mais vos pleurs ont assez honoré sa mémoire ;
Vous devez d'autres soins à Rome, à votre gloire ;
De mon propre intérêt je n'ose vous parler.
Bérénice autrefois pouvait vous consoler ;
Avec plus de plaisir vous m'avez écoutée.
De combien de malheurs pour vous persécutée,
Vous ai-je pour un mot sacrifié mes pleurs !
Vous regrettez un père : hélas ! faibles douleurs !
Et moi (ce souvenir me fait frémir encore)
On voulait m'arracher de tout ce que j'adore ;
Moi dont vous connaissez le trouble et le tourment
Quand vous ne me quittez que pour quelque moment
Moi qui mourrais le jour qu'on voudrait m'interdire
De vous...

TITUS.

Madame, hélas ! que me venez-vous dire?
Quel temps choisissez-vous ? Ah ! de grâce, arrêtez:
C'est trop pour un ingrat prodiguer vos bontés.

BÉRÉNICE.

Pour un ingrat, seigneur ! Et le pouvez-vous être?
Ainsi donc mes bontés vous fatiguent peut-être ?

TITUS.

Non, madame : jamais, puisqu'il faut vous parler,
Mon cœur de plus de feux ne se sentit brûler.
Mais...

BÉRÉNICE.

Achevez.

TITUS.

Hélas !

BÉRÉNICE.

Parlez.

TITUS.

Rome... l'empire...

BÉRÉNICE.

Eh bien ?

TITUS.

Sortons, Paulin ; je ne lui puis rien dire.

SCÈNE V.

BÉRÉNICE, PHÉNICE.

BÉRÉNICE.

Quoi ! me quitter sitôt, et ne me dire rien !
Chère Phénice, hélas ! quel funeste entretien !
Qu'ai-je fait ? Que veut-il, et que dit ce silence?

PHÉNICE.

Comme vous je me perds d'autant plus que j'y pense
Mais ne s'offre-t-il rien à votre souvenir
Qui contre vous, madame, ait pu le prévenir ?
Voyez, examinez.

BÉRÉNICE.

Hélas ! tu peux m'en croire ;
Plus je veux du passé rappeler la mémoire,
Du jour que je le vis jusqu'à ce triste jour,
Plus je vois qu'on me peut reprocher trop d'amour.
Mais tu nous entendais. Il ne faut rien me taire ;
Parle. N'ai-je rien dit qui lui puisse déplaire ?
Que sais-je ? j'ai peut-être avec trop de chaleur
Rabaissé ses présens ou blâmé sa douleur.
N'est-ce point que de Rome il redoute la haine ?
Il craint peut-être, il craint d'épouser une reine.
Hélas ! s'il était vrai... Mais non, il a cent fois
Rassuré mon amour contre leurs dures lois ;
Cent fois... Ah ! qu'il m'explique un silence si rude:
Je ne respire pas dans cette incertitude
Moi je vivrais, Phénice, et je pourrais penser
Qu'il me néglige ou bien que j'ai pu l'offenser ?
Retournons sur ses pas. Mais quand je m'examine
Je crois de ce désordre entrevoir l'origine.
Phénice, il aura su tout ce qui s'est passé :
L'amour d'Antiochus l'a peut-être offensé.
Il attend, m'a-t-on dit, le roi de Comagène.
Ne cherchons point ailleurs le sujet de ma peine.
Sans doute ce chagrin qui vient de m'alarmer
N'est qu'un léger soupçon facile à désarmer.
Je ne te vante point cette faible victoire,
Titus : Ah ! plût au ciel que sans blesser ta gloire
Un rival plus puissant voulût tenter ma foi,
Et put mettre à mes pieds plus d'empires que toi ;
Que de sceptres sans nombre il pût payer ma flamme
Que ton amour n'eût rien à donner que ton ame !
C'est alors, cher Titus, qu'aimé, victorieux,
Tu verrais de quel prix ton cœur est à mes yeux.
Allons, Phénice ; un mot pourra le satisfaire.
Rassurons-nous, mon cœur, je puis encor lui plaire :
Je me comptais trop tôt au rang des malheureux :
Si Titus est jaloux, Titus est amoureux.

ACTE TROISIEME.

SCÈNE I.

TITUS, ANTIOCHUS, ARSACE.

TITUS.

Quoi ! prince, vous partiez ! quelle raison subite
Presse votre départ ou plutôt votre fuite ?
Vouliez vous me cacher jusques à vos adieux ?
Est-ce comme ennemi que vous quittez ces lieux ?
Que diront avec moi la cour, Rome, l'empire ?
Mais comme votre ami que ne puis-je point dire ?
De quoi m'accusez-vous ? Vous avais-je sans choix
Confondu jusqu'ici dans la foule des rois ?
Mon cœur nous fut ouvert tant qu'a vécu mon père ;
C'était le seul présent que je pouvais vous faire :
Et lorsqu'avec mon cœur ma main peut s'épancher
Vous fuyez mes bienfaits tout prêts à vous chercher !
Pensez-vous qu'oubliant ma fortune passée
Sur ma seule grandeur j'arrête ma pensée,
Et que tous mes amis s'y présentent de loin
Comme autant d'inconnus dont je n'ai plus besoin ?
Vous même à mes regards qui vouliez vous soustraire
Prince, plus que jamais vous m'êtes nécessaire.

ANTIOCHUS.

Moi, seigneur ?

TITUS.

Vous.

ANTIOCHUS.

Hélas ! d'un prince malheureux
Que pouvez-vous, seigneur, attendre que des vœux?

TITUS.

Je n'ai pas oublié, prince, que ma victoire
Devait à vos exploits la moitié de sa gloire ;

Que Rome vit passer au nombre des vaincus
Plus d'un captif chargé des fers d'Antiochus ;
Que dans le Capitole elle voit attachées
Les dépouilles des Juifs par vos mains arrachées.
Je n'attends pas de vous de ces sanglans exploits,
Et je veux seulement emprunter votre voix.
Je sais que Bérénice, à vos soins redevable,
Croit posséder en vous un ami véritable ;
Elle ne voit dans Rome et n'écoute que vous :
Vous ne faites qu'un cœur et qu'une ame avec nous.
Au nom d'une amitié si constante et si belle,
Employez le pouvoir que vous avez sur elle ;
Voyez-la de ma part.

ANTIOCHUS.

Moi paraître à ses yeux !
La reine pour jamais a reçu mes adieux.

TITUS.

Prince, il faut que pour moi vous lui parliez encore.

ANTIOCHUS.

Ah ! parlez-lui, seigneur. La reine vous adore ;
Pourquoi vous dérober vous-même en ce moment
Le plaisir de lui faire un aveu si charmant ?
Elle l'attend, seigneur, avec impatience.
Je réponds en parlant de son obéissance ;
Et même elle m'a dit que prêt à l'épouser
Vous ne la verrez plus que pour l'y disposer.

TITUS.

Ah ! qu'un aveu si doux aurait lieu de me plaire !
Que je serais heureux si j'avais à le faire !
Mes transports aujourd'hui s'attendaient d'éclater ;
Cependant aujourd'hui, prince, il faut la quitter.

ANTIOCHUS.

La quitter ! Vous, seigneur ?

TITUS.

Telle est ma destinée :
Pour elle et pour Titus il n'est plus d'hyménée.
D'un espoir si charmant je me flattais en vain ;
Prince, il faut avec vous qu'elle parte demain.

ANTIOCHUS.

Qu'entends-je, ô ciel !

TITUS.

Plaignez ma grandeur importune :
Maître de l'univers, je règle sa fortune,
Je puis faire les rois je puis les déposer ;
Cependant de mon cœur je ne puis disposer.
Rome, contre les rois de tout temps soulevée ;
Dédaigne une beauté dans la pourpre élevée ;
L'éclat du diadème et cent rois pour aïeux [yeux.
Déshonorent ma flamme et blessent tous les [res
Mon cœur, libre d'ailleurs, sans craindre les murmu-
Peut brûler à son choix dans des flammes obscures ;
Et Rome avec plaisir recevrait de ma main
La moins digne beauté qu'elle cache en son sein.
Jules céda lui-même au torrent qui m'entraîne.
Si le peuple demain ne voit partir la reine
Demain elle entendra ce peuple furieux
Me venir demander son départ à ses yeux.
Sauvons de cet affront mon nom et sa mémoire ;
Et puisqu'il faut céder cédons à notre gloire.
Ma bouche et mes regards, muets depuis huit jours,
L'auront pu préparer à ce triste discours.
Et même en ce moment inquiète, empressée,
Elle veut qu'à ses yeux j'explique ma pensée.
D'un amant interdit soulagez le tourment ;
Epargnez à mon cœur cet éclaircissement.
Allez, expliquez-lui mon trouble et mon silence ;
Surtout qu'elle me laisse éviter sa présence ;
Soyez le seul témoin de ses pleurs et des miens ,
Portez-lui mes adieux, et recevez les siens.
Fuyons tous deux, fuyons un spectacle funeste,
Qui de notre constance accablerait le reste.
Si l'espoir de régner et de vivre en mon cœur
Peut de son infortune adoucir la rigueur,
Ah ! prince, jurez-lui que, toujours trop fidèle,
Gémissant dans ma cour et plus exilé qu'elle,
Portant jusqu'au tombeau le nom de son amant,
Mon règne ne sera qu'un long bannissement
Si le ciel, non content de me l'avoir ravie,
Veut encor m'affliger par une longue vie.
Vous que l'amitié seule attache sur ses pas,
Prince, dans son malheur ne l'abandonnez pas ;
Que l'Orient vous voie arriver à sa suite ;
Que ce soit un triomphe et non pas une fuite.
Qu'une amitié si belle ait d'éternels liens ;
Que mon nom soit toujours dans tous vos entretiens.
Pour rendre vos états plus voisins l'un de l'autre
L'Euphrate bornera son empire et le vôtre.
Je sais que le sénat, tout plein de votre nom,
D'une commune voix confirmera ce don.
Je joins la Cilicie à votre Comagène.
Adieu : ne quittez point ma princesse, ma reine,
Tout ce qui de mon cœur fut l'unique désir,
Tout ce que j'aimerai jusqu'au dernier soupir.

SCÈNE II.

ANTIOCHUS, ARSACE.

ARSACE.

Ainsi le ciel s'apprête à vous rendre justice.
Vous partirez, seigneur, mais avec Bérénice :
Loin de vous la ravir, on va vous la livrer.

ANTIOCHUS.

Arsace, laisse-moi le temps de respirer.
Ce changement est grand, ma surprise est extrême :
Titus entre mes mains remet tout ce qu'il aime !
Dois-je croire, grands dieux ! ce que je viens d'ouïr ?
Et quand je le croirais dois-je m'en réjouir ?

ARSACE.

Mais moi-même, seigneur, que faut-il que je croie ?
Quel obstacle nouveau s'oppose à votre joie ?
Me trompiez-vous tantôt au sortir de ces lieux
Lorsqu'encor tout ému de vos derniers adieux,
Tremblant d'avoir osé s'expliquer devant elle,
Votre cœur me contait son audace nouvelle !
Vous fuyez un hymen qui vous faisait trembler,
Cet hymen est rompu : quel soin peut vous troubler ?
Suivez les doux transports où l'amour vous invite.

ANTIOCHUS.

Arsace, je me vois chargé de sa conduite :
Je jouirai long-temps de ses chers entretiens :
Ses yeux même pourront s'accoutumer aux miens,
Et peut-être son cœur fera la différence
Des froideurs de Titus à ma persévérance.
Titus m'accable ici du poids de sa grandeur ;
Tout disparaît dans Rome auprès de sa splendeur :
Mais quoique l'Orient soit plein de sa mémoire,
Bérénice y verra des traces de ma gloire.

ARSACE.

N'en doutez point, seigneur, tout succède à vos vœux.

ANTIOCHUS.

Ah ! que nous nous plaisons à nous tromper tous deux

ARSACE.

Et pourquoi nous tromper ?

ANTIOCHUS.

Quoi ! je lui pourrais plaire !

Bérénice à mes vœux ne serait plus contraire !
Bérénice d'un mot flatterait mes douleurs !
Penses-tu seulement que parmi ses malheurs,
Quand l'univers entier négligerait ses charmes,
L'ingrate me permît de lui donner des larmes,
Ou qu'elle s'abaissât jusques à recevoir
Des soins qu'à mon amour elle croirait devoir ?

ARSACE.

Et qui peut mieux que vous consoler sa disgrâce ?
Sa fortune, seigneur, va prendre une autre face :
Titus la quitte.

ANTIOCHUS.

Hélas ! de ce grand changement
Il ne me reviendra que le nouveau tourment
D'apprendre par ses pleurs à quel point elle l'aime;
Je la verrai gémir, je la plaindrai moi-même.
Pour fruit de tant d'amour j'aurai le triste emploi
De recueillir des pleurs qui ne sont pas pour moi.

ARSACE.

Quoi! ne vous plairez-vous qu'à vous gêner sans cesse!
Jamais dans un grand cœur vit-on plus de faiblesse !
Ouvrez les yeux, seigneur, et songeons entre nous
Par combien de raisons Bérénice est à vous.
Puisqu'aujourd'hui Titus ne prétend plus lui plaire,
Songez que votre hymen lui devient nécessaire.

ANTIOCHUS.

Nécessaire ?

ARSACE.

A ses pleurs accordez quelques jours :
De ses premiers sanglots laissez passer le cours :
Tout parlera pour vous, le dépit, la vengeance,
L'absence de Titus, le temps, votre présence,
Trois sceptres que son bras ne peut seul soutenir,
Vos deux états voisins qui cherchent à s'unir ;
L'intérêt, la raison, l'amitié, tout vous lie.

ANTIOCHUS.

Ah ! je respire, Arsace, et tu me rends la vie :
J'accepte avec plaisir un présage si doux.
Que tardons-nous? faisons ce qu'on attend de nous.
Entrons chez Bérénice; et, puisqu'on nous l'ordonne
Allons lui déclarer que Titus l'abandonne...
Mais plutôt demeurons. Que faisais-je! Est-ce à moi,
Arsace, à me charger de ce cruel emploi ?
Soit vertu, soit amour, mon cœur s'en effarouche.
L'aimable Bérénice entendrait de ma bouche
Qu'on l'abandonne ! Ah ! reine, et qui l'aurait pensé
Que ce mot dût jamais vous être prononcé ?

ARSACE.

La haine sur Titus tombera tout entière.
Seigneur, si vous parlez ce n'est qu'à sa prière.

ANTIOCHUS.

Non, ne la voyons point ; respectons sa douleur :
Assez d'autres viendront lui conter son malheur.
Et ne la crois-tu pas assez infortunée
D'apprendre à quel mépris Titus l'a condamnée
Sans lui donner encor le déplaisir fatal
D'apprendre ce mépris par son propre rival ?
Encore un coup fuyons, et par cette nouvelle
N'allons point nous charger d'une haine immortelle.

ARSACE

Ah ! la voici, seigneur ; prenez votre parti.

ANTIOCHUS.

O ciel !

SCÈNE III.

BÉRÉNICE, ANTIOCHUS, ARSACE, PHÉNICE.

BÉRÉNICE.

Eh quoi ! seigneur, vous n'êtes point parti !

ANTIOCHUS.

Madame, je vois bien que vous êtes déçue,
Et que c'était César que cherchait votre vue.
Mais n'accusez que lui si malgré mes adieux
De ma présence encor j'importune vos yeux :
Peut-être en ce moment je serais dans Ostie
S'il ne m'eût de sa cour défendu la sortie.

BÉRÉNICE.

Il vous cherche vous seul, il nous évite tous.

ANTIOCHUS.

Il ne m'a retenu que pour parler de vous.

BÉRÉNICE.

De moi, prince ?

ANTIOCHUS.

Oui, madame.

BÉRÉNICE.

Et qu'a-t-il pu vous dire?

ANTIOCHUS.

Mille autres mieux que moi pourront vous en instruire.

BÉRÉNICE.

Quoi ! seigneur...

ANTIOCHUS.

Suspendez votre ressentiment.
D'autres, loin de se taire en ce même moment,
Triompheraient peut-être, et pleins de confiance
Céderaient avec joie à votre impatience ;
Mais moi, toujours tremblant, moi, vous le savez bien,
A qui votre repos est plus cher que le mien,
Pour ne le point troubler j'aime mieux vous déplaire
Et crains votre douleur plus que votre colère.
Avant la fin du jour vous me justifierez.
Adieu, madame.

BÉRÉNICE.

O ciel ! quel discours ! demeurez.
Prince, c'est trop cacher mon trouble à votre vue.
Vous voyez devant vous une reine éperdue,
Qui, la mort dans le sein, vous demande deux mots.
Vous craignez, dites-vous, de troubler mon repos,
Et vos refus cruels, loin d'épargner ma peine,
Excitent ma douleur, ma colère, ma haine.
Seigneur, si mon repos vous est si précieux,
Si moi-même jamais je fus chère à vos yeux,
Eclaircissez le trouble où vous voyez mon ame.
Que vous a dit Titus ?

ANTIOCHUS.

Au nom des dieux, madame...

BÉRÉNICE.

Quoi ! vous craignez si peu de me désobéir ?

ANTIOCHUS.

Je n'ai qu'à vous parler pour me faire haïr.

BÉRÉNICE.

Je veux que vous parliez.

ANTIOCHUS.

Dieux ! quelle violence !
Madame, encore un coup, vous louerez mon silence.

BÉRÉNICE.

Prince, dès ce moment contentez mes souhaits,
Ou soyez de ma haine assuré pour jamais.

ANTIOCHUS.

Madame, après cela je ne puis plus me taire.
Eh bien, vous le voulez, il faut vous satisfaire.

Mais ne vous flattez point ; je vais vous annoncer
Peut-être des malheurs où vous n'osez penser.
Je connais votre cœur : vous devez vous attendre
Que je le vais frapper par l'endroit le plus tendre.
Titus m'a commandé...

BÉRÉNICE.

Quoi ?

ANTIOCHUS.

De vous déclarer
Qu'à jamais l'un de l'autre il faut vous séparer.

BÉRÉNICE.

Nous séparer ! Qui ? moi ! Titus de Bérénice ?

ANTIOCHUS.

Il faut que devant vous je lui rende justice :
Tout ce que dans un cœur sensible et généreux
L'amour au désespoir peut rassembler d'affreux,
Je l'ai vu dans le sien. Il pleure, il vous adore ;
Mais enfin que lui sert de vous aimer encore ?
Une reine est suspecte à l'empire romain :
Il faut vous séparer, et vous partez demain.

BÉRÉNICE.

Nous séparer ? Hélas ! Phénice.

PHÉNICE.

Eh bien, madame,
Il faut ici montrer la grandeur de votre ame.
Ce coup sans doute est rude, il doit vous étonner.

BÉRÉNICE.

Après tant de sermens, Titus m'abandonner !
Titus qui me jurait... Non, je ne puis le croire :
Il ne me quitte point, il y va de sa gloire.
Contre son innocence on veut me prévenir.
Ce piége n'est tendu que pour nous désunir.
Titus m'aime, Titus ne veut point que je meure.
Allons le voir : je veux lui parler tout à-l'heure.
Allons.

ANTIOCHUS.

Quoi ! vous pourriez ici me regarder...

BÉRÉNICE.

Vous le souhaitez trop pour me persuader.
Non, je ne vous crois point. Mais, quoiqu'il en puisse être,
Pour jamais à mes yeux gardez-vous de paraître.

(*A Phénice.*)

Ne m'abandonne pas dans l'état où je suis.
Hélas ! pour me tromper je fais ce que je puis.

SCÈNE IV.

ANTIOCHUS, ARSACE.

ANTIOCHUS.

Ne me trompé-je point ? l'ai-je bien entendue ?
Que je me garde, moi, de paraître à sa vue !
Je m'en garderai bien. Eh ! ne partais-je pas
Si Titus malgré moi n'eût arrêté mes pas ?
Sans doute il faut partir. Continuons, Arsace.
Elle croit m'affliger ; sa haine me fait grâce.
Tu me croyais tantôt inquiet, égaré ;
Je partais amoureux, jaloux, désespéré ;
Et maintenant, Arsace, après cette défense,
Je partirai peut-être avec indifférence.

ARSACE.

Moins que jamais, seigneur, il faut vous éloigner.

ANTIOCHUS.

Moi je demeurerai pour me voir dédaigner ?
Des froideurs de Titus je serai responsable ?
Je me verrai puni parce qu'il est coupable ?
Avec quelle injustice et quelle indignité
Elle doute à mes yeux de ma sincérité !
Titus l'aime, dit-elle, et moi je l'ai trahie.
L'ingrate ! m'accuser de cette perfidie !
Et dans quel temps encor ? dans le moment fatal
Que j'étale à ses yeux les pleurs de mon rival ;
Que pour la consoler je le faisais paraître
Amoureux et constant plus qu'il ne l'est peut-être !

ARSACE.

Et de quel soin, seigneur, vous allez vous troubler ?
Laissez à ce torrent le temps de s'écouler :
Dans huit jours, dans un mois, n'importe, il faut qu'il passe.
Demeurez seulement.

ANTIOCHUS.

Non ; je la quitte, Arsace.
Je sens qu'à sa douleur je pourrais compatir ;
Ma gloire, mon repos, tout m'excite à partir.
Allons, et de si loin évitons la cruelle
Que de long-temps, Arsace, on ne nous parle d'elle.
Toute fois il nous reste encore assez de jour :
Je vais dans mon palais attendre ton retour.
Va voir si la douleur ne l'a point trop saisie ;
Cours, et partons du moins assurés de sa vie.

ACTE QUATRIEME.

SCÈNE I.

BÉRÉNICE.

Phénice ne vient point ! Momens trop rigoureux ?
Que vous paraissez lents à mes rapides vœux !
Je m'agite, je cours ; languissante, abattue,
La force m'abandonne et le repos me tue.
Phénice ne vient point ! Ah ! que cette longueur
D'un présage funeste épouvante mon cœur !
Phénice n'aura point de réponse à me rendre :
Titus, l'ingrat Titus n'a point voulu l'entendre ;
Il fuit, il se dérobe à ma juste fureur.

SCÈNE II.

BÉRÉNICE, PHÉNICE.

BÉRÉNICE.

Chère Phénice, eh bien ! as-tu vu l'empereur ?
Qu'a-t-il dit ? viendra-t-il ?

PHÉNICE.

Oui, je l'ai vu, madame,
Et j'ai peint à ses yeux le trouble de votre ame.
J'ai vu couler des pleurs qu'il voulait retenir.

BÉRÉNICE.

Vient-il ?

PHÉNICE.

N'en doutez point, madame, il va venir.
Mais voulez-vous paraître en ce désordre extrême ?
Remettez-vous, madame, et rentrez en vous-même.
Laissez-moi relever ces voiles détachés
Et ces cheveux épars dont vos yeux sont cachés.
Souffrez que de vos pleurs je répare l'outrage.

BÉRÉNICE.

Laisse, laisse, Phénice ; il verra son ouvrage.
Eh ! que m'importe, hélas ! de ces vains ornemens ?

Si ma foi, si mes pleurs, si mes gémissemens,
Mais que dis-je, mes pleurs! si ma perte certaine,
Si ma mort toute prête enfin ne le ramène.
Dis-moi, que produiront tes secours superflus
Et tout ce faible éclat qui ne le touche plus?

PHENICE.

Pourquoi lui faites-vous cet injuste reproche?
J'entends du bruit, madame, et l'empereur s'approche
Venez, fuyez la foule, et rentrons promptement:
Vous l'entretiendrez seul dans votre appartement.

SCÈNE III.

TITUS, PAULIN, SUITE.

TITUS.

De la reine, Paulin, flattez l'inquiétude:
Je vais la voir. Je veux un peu de solitude
Que l'on me laisse.

Paulin *à part.*

O ciel! que je crains ce combat?
Grands dieux, sauvez sa gloire et l'honneur de l'état!
Voyons la reine.

SCÈNE IV.

TITUS.

Eh bien! Titus, que viens-tu faire?
Bérénice t'attend. Où viens-tu, téméraire?
Tes adieux sont-ils prêts? T'es-tu bien consulté?
Ton cœur te promet-il assez de cruauté?
Car enfin au combat qui pour toi se prépare
C'est peu d'être constant, il faut être barbare.
Soutiendrai-je ces yeux dont la douce langueur
Sait si bien découvrir les chemins de mon cœur?
Quand je verrai ses yeux armés de tous leurs charmes,
Attachés sur les miens, m'accabler de leurs larmes,
Me souviendrai-je alors de mon triste devoir?
Pourrai-je dire enfin: Je ne veux plus vous voir?
Je viens percer un cœur que j'adore, qui m'aime;
Et pourquoi le percer? Qui l'ordonne? Moi-même.
Car enfin Rome a-t-elle expliqué ses souhaits?
L'entendons-nous crier autour de ce palais?
Vois-je l'état penchant au bord du précipice?
Ne le puis-je sauver que par ce sacrifice?
Tout se tait; et moi seul, trop prompt à me troubler,
J'avance des malheurs que je puis reculer
Et qui sait si sensible aux vertus de la reine
Rome ne voudra point l'avouer pour Romaine?
Rome peut par son choix justifier le mien.
Non, non, encore un coup, ne précipitons rien.
Que Rome avec ses lois mette dans la balance
Tant de pleurs, tant d'amour, tant de persévérance;
Rome sera pour nous... Titus, ouvre les yeux;
Quel air respires-tu? N'es-tu pas dans ces lieux
Où la haine des rois avec le lait sucée
Par crainte ou par amour ne peut être effacée?
Rome jugea ta reine en condamnant ses rois.
N'as-tu pas en naissant entendu cette voix,
Et n'as-tu pas encore ouï la renommée
T'annoncer ton devoir jusque dans ton armée?
Et lorsque Bérénice arriva sur tes pas
Ce que Rome en jugeait ne l'entendis-tu pas?
Faut-il donc tant de fois te le faire redire?
Ah! lâche, fais l'amour, et renonce à l'empire;
Au bout de l'univers va, cours te confiner,
Et fais place à des cœurs plus dignes de régner.

Sont-ce là ces projets de grandeur et de gloire
Qui devaient dans les cœurs consacrer ma mémoire?
Depuis huit jours je règne, et jusques à ce jour
Qu'ai-je fait pour l'honneur? J'ai tout fait pour l'amour.
D'un temps si précieux quel compte puis-je rendre?
Où sont ces heureux jours que je faisais attendre?
Quels pleurs ai-je séchés? dans quels yeux satisfaits
Ai-je déjà goûté le fruit de mes bienfaits?
L'univers a-t-il vu changer ses destinées?
Sais-je combien le ciel m'a compté de journées?
Et de ce peu de jours si long-temps attendus,
Ah! malheureux, combien j'en ai déjà perdus!
Ne tardons plus: faisons ce que l'honneur exige;
Rompons le seul lien...

SCÈNE V.

BÉRÉNICE, TITUS.

BÉRÉNICE *en sortant de son appartement.*

Non, laissez-moi, vous dis-je.
En vain tous vos conseils me retiennent ici;
Il faut que je le voie... Ah! seigneur, vous voici!
Eh bien, il est donc vrai que Titus m'abandonne!
Il faut nous séparer, et c'est lui qui l'ordonne!

TITUS.

N'accablez point, madame, un prince malheureux.
Il ne faut point ici nous attendrir tous deux.
Un trouble assez cruel m'agite et me dévore
Sans que des pleurs si chers me déchirent encore.
Rappelez bien plutôt ce cœur qui tant de fois
M'a fait de mon devoir reconnaître la voix;
Il en est temps. Forcez votre amour à se taire,
Et d'un œil que la gloire et la raison éclaire
Contemplez mon devoir dans toute sa rigueur.
Vous-même contre vous fortifiez mon cœur;
Aidez-moi, s'il se peut, à vaincre ma faiblesse,
A retenir des pleurs qui m'échappent sans cesse;
Ou, si nous ne pouvons commander à nos pleurs,
Que la gloire du moins soutienne nos douleurs,
Et que tout l'univers reconnaisse sans peine
Les pleurs d'un empereur et les pleurs d'une reine.
Car enfin, ma princesse, il faut nous séparer.

BÉRÉNICE.

Ah! cruel, est-il temps de me le déclarer?
Qu'avez-vous fait? Hélas! je me suis crue aimée;
Au plaisir de vous voir mon ame accoutumée
Ne vit plus que pour vous: ignoriez-vous vos lois
Quand je vous l'avouai pour la première fois?
A quel excès d'amour m'avez-vous amenée?
Que ne me disiez-vous: Princesse infortunée,
Où vas-tu t'engager, et quel est ton espoir?
Ne donne point un cœur qu'on ne peut recevoir.
Ne l'avez-vous reçu, cruel, que pour le rendre
Quand de vos seules mains ce cœur voudrait dépendre
Tout l'empire a vingt fois conspiré contre nous:
Il était temps encor; que ne me quittiez-vous?
Mille raisons alors consolaient ma misère;
Je pouvais de ma mort accuser votre père,
Le peuple, le sénat, tout l'empire romain,
Tout l'univers plutôt qu'une si chère main.
Leur haine, dès long-temps contre moi déclarée,
M'avait à mon malheur dès long-temps préparée.
Je n'aurais pas, seigneur, reçu ce coup cruel
Dans le temps que j'espère un bonheur immortel,
Quand votre heureux amour peut tout ce qu'il désire,
Lorsque Rome se tait, quand votre père expire,

Lorsque tout l'univers fléchit à vos genoux,
Enfin quand je n'ai plus à redouter que vous.

TITUS.

Et c'est moi seul aussi qui pouvait me détruire.
Je pouvais vivre alors et me laisser séduire;
Mon cœur se gardait bien d'aller dans l'avenir
Chercher ce qui pouvait un jour nous désunir.
Je voulais qu'à mes vœux rien ne fût invincible ;
Je n'examinais rien, j'espérais l'impossible.
Que sais-je? j'espérais de mourir à vos yeux
Avant que d'en venir à ces cruels adieux.
Les obstacles semblaient renouveller ma flamme.
Tout l'empire parlait ; mais la gloire , madame ,
Ne s'était point encor fait entendre à mon cœur
Du ton dont elle parle au cœur d'un empereur.
Je sais tous les tourmens où ce dessein me livre;
Je sens bien que sans vous je ne saurais plus vivre,
Que mon cœur de moi-même est prêt à s'éloigner;
Mais il ne s'agit plus de vivre , il faut régner.

BÉRÉNICE.

Eh bien, régnez, cruel, contentez votre gloire ;
Je ne dispute plus. J'attendais pour vous croire
Que cette même bouche, après mille sermens
D'un amour qui devait unir tous nos momens,
Cette bouche à mes yeux s'avouant infidèle
M'ordonnât elle-même une absence éternelle.
Moi-même j'ai voulu vous entendre en ce lieu.
Je n'écoute plus rien, et pour jamais adieu...
Pour jamais ! Ah ! seigneur, songez-vous en vous-[même
Combien ce mot cruel est affreux quand on aime?
Dans un mois, dans un an, comment souffrirons-nous,
Seigneur que tant de mers me séparent de vous ;
Que le jour recommence, et que le jour finisse
Sans que jamais Titus puisse voir Bérénice,
Sans que de tout le jour je puisse voir Titus?
Mais quelle est mon erreur, et que de soins perdus!
L'ingrat, de mon départ consolé par avance,
Daignera-t-il compter les jours de mon absence?
Ces jours si longs pour moi lui sembleront trop [courts.

TITUS.

Je n'aurai pas, madame , à compter tant de jours ;
J'espère que bientôt la triste renommée
Vous fera confesser que vous étiez aimée.
Vous verrez que Titus n'a pu sans expirer...

BÉRÉNICE.

Ah ! seigneur, s'il est vrai, pourquoi nous séparer?
Je ne vous parle point d'un heureux hyménée :
Rome à ne vous plus voir m'a-t-elle condamnée?
Pourquoi m'enviez-vous l'air que vous respirez?

TITUS.

Hélas ! vous pouvez tout , madame. Demeurez :
Je n'y résiste point. Mais je sens ma faiblesse :
Il faudra vous combattre et vous craindre sans cesse
Et sans cesse veiller à retenir mes pas , [appas.
Que vers vous à toute heure entraînent vos [même
Que dis-je ! En ce moment mon cœur hors de lui-
S'oublie , et se souvient seulement qu'il vous aime.

BÉRÉNICE.

Eh bien , seigneur , eh bien, qu'en peut-il arriver?
Voyez-vous les Romains prêts à se soulever ?

TITUS.

Et qui sait de quel œil ils prendront cette injure?
S'ils parlent, si les cris succèdent au murmure ,
Faudra-t-il par le sang justifier mon choix ?
S'ils se taisent, madame, et me vendent leurs lois,
A quoi m'exposez-vous ? par quelle complaisance
Faudra-t-il quelque jour payer leur patience !
Que n'oseront-ils point alors me demander ?
Maintiendrai-je des lois que je ne puis garder?

BÉRÉNICE.

Vous ne comptez pour rien les pleurs de Bérénice?

TITUS.

Je les compte pour rien ! Ah, ciel ! quelle injustice!

BÉRÉNICE.

Quoi ! pour d'injustes lois que vous pouvez changer
En d'éternels chagrins vous-même vous plonger !
Rome à ses droits, seigneur: n'avez-vous pas les vôtres?
Ses intérêts sont-ils plus sacrés que les nôtres?
Dites , parlez.

TITUS.

Hélas ! que vous me déchirez !

BÉRÉNICE.

Vous êtes empereur , seigneur , et vous pleurez

TITUS.

Oui , madame , il est vrai , je pleure , je soupire ,
Je frémis. Mais enfin quand j'acceptai l'empire
Rome me fit jurer de maintenir ses droits :
Il les faut maintenir. Déjà plus d'une fois
Rome a de mes pareils exercé la constance.
Ah ! si vous remontiez jusques à sa naissance ,
Vous les verriez toujours à ses ordres soumis :
L'un , jaloux de sa foi , va chez les ennemis
Chercher avec la mort la peine toute prête ;
D'un fils victorieux l'autre proscrit la tête ;
L'autre avec des yeux secs et presque indifférens
Voit mourir ses deux fils par son ordre expirans.
Malheureux ? mais toujours la patrie et la gloire
Ont parmi les Romains remporté la victoire.
Je sais qu'en vous quittant le malheureux Titus
Passe l'austérité de toutes leurs vertus ;
Qu'elle n'approche pas de cet effort insigne ;
Mais , madame, après tout me croyez-vous indigne
De laisser un exemple à la postérité
Qui sans de grands efforts ne puisse être imité?

BÉRÉNICE.

Non, je crois tout facile à votre barbarie ;
Je vous crois digne, ingrat, de m'arracher la vie.
De tous vos sentimens mon cœur est éclairci.
Je ne vous parle plus de me laisser ici :
Qui? moi, j'aurais voulu, honteuse et méprisée,
D'un peuple qui me hait soutenir la risée?
J'ai voulu vous pousser jusques à ce refus.
C'en est fait, et bientôt vous ne me craindrez plus.
N'attendez pas ici que j'éclate en injures,
Que j'atteste le ciel ennemi des parjures;
Non : si le ciel encore est touché de mes pleurs
Je le prie en mourant d'oublier mes douleurs.
Si je forme des vœux contre votre injustice,
Si devant que mourir la triste Bérénice
Vous veut de son trépas laisser quelque vengeur,
Je ne le cherche, ingrat, qu'au fond de votre cœur.
Je sais que tant d'amour n'en peut-être effacée ;
Que ma douleur présente et ma honte passée,
Mon sang qu'en ce palais je veux même verser
Sont autant d'ennemis que je vais vous laisser ;
Et, sans me repentir de ma persévérance,
Je me remets sur eux de toute ma vengeance.
Adieu.

SCÈNE VI.

TITUS, PAULIN.

PAULIN.

Dans quel dessein vient-elle de sortir,
Seigneur? est-elle enfin disposée à partir?

TITUS.

Paulin, je suis perdu ! je n'y pourrai survivre ;
La reine veut mourir. Allons, il faut la suivre.
Courons à son secours.

PAULIN.

Eh quoi ! n'avez-vous pas
Ordonné dès tantôt qu'on observe ses pas ?
Ses femmes à toute heure autour d'elle empressées
Sauront la détourner de ces tristes pensées.
Non, non, ne craignez rien. Voilà les plus grands [coups,
Seigneur ; continuez, la victoire est à vous.
Je sais que sans pitié vous n'avez pu l'entendre ;
Moi-même en la voyant je n'ai pu m'en défendre.
Mais regardez plus loin : songez en ce malheur,
Quelle gloire va suivre un moment de douleur,
Quels applaudissemens l'univers vous prépare,
Quel rang dans l'avenir...

TITUS.

Non, je suis un barbare.
Moi-même je me hais. Néron tant détesté
N'a point à cet excès poussé sa cruauté.
Je ne souffrirai point que Bérénice expire.
Allons, Rome en dira ce qu'elle en voudra dire.

PAULIN.

Quoi, seigneur ?

TITUS.

Je ne sais, Paulin, ce que je dis :
L'excès de ma douleur accable mes esprits.

PAULIN.

Ne troublez point le cours de votre renommée :
Déjà de vos adieux la nouvelle est semée ;
Rome, qui gémissait, triomphe avec raison ;
Tous les temples ouverts fument en votre nom,
Et le peuple, élevant vos vertus jusqu'aux nues,
Va partout de lauriers couronner vos statues.

TITUS.

Ah, Rome! Ah! Bérénice! ah ! prince malheureux!
Pourquoisuis-je empereur?pourquoisuis-jeamoureux

SCÈNE VII.

TITUS, ANTIOCHUS, PAULIN, ARSACE.

ANTIOCHUS.

Qu'avez-vous fait, seigneur ? l'aimable Bérénice
Va peut-être expirer dans les bras de Phénice :
Elle n'entend ni pleurs, ni conseils, ni raison ;
Elle implore à grands cris le fer ou le poison.
Vous seul vous lui pouvez arracher cette envie :
On vous nomme, et ce nom la rappelle à la vie :
Ses yeux toujours tournés vers votre appartement
Semblent vous demander de moment en moment
Je n'y puis résister, ce spectacle me tue.
Que tardez-vous ? allez vous montrer à sa vue.
Sauvez tant de vertus, de grâces, de beauté,
Ou renoncez, seigneur à toute humanité.
Dites un mot,

TITUS.

Hélas ! quel mot puis-je lui dire ?
Moi-même en ce moment sais-je si je respire ?

SCÈNE VIII.

TITUS, ANTIOCHUS, PAULIN, ARSACE, RUTILE.

RUTILE.

Seigneur, tous les tribuns, les consuls, le sénat
Viennent vous demander au nom de tout l'état :
Un grand peuple les suit, qui, plein d'impatience,
Dans votre appartement attend votre présence.

TITUS.

Je vous entends, grands dieux, vous voulez rassurer
Ce cœur que vous voyez tout prêt à s'égarer.

PAULIN.

Venez, seigneur: passons dans la chambre prochaine
Allons voir le sénat.

ANTIOCHUS.

Ah ! courez chez la reine.

PAULIN.

Quoi ! vous pourriez, seigneur, par cette indignité
De l'empire à vos pieds fouler la majesté ?
Rome...

TITUS.

Il suffit, Paulin ; nous allons les entendre.
(*A Antiochus.*)
Prince, de ce devoir je ne puis me défendre.
Voyez la reine : allez. J'espère à mon retour
Qu'elle ne pourra plus douter de mon amour.

ACTE CINQUIEME.

SCÈNE I.

ARSACE.

Où pourrai-je trouver ce prince trop fidèle ?
Ciel, conduisez mes pas et secondez mon zèle :
Faites qu'en ce moment je lui puisse annoncer
Un bonheur où peut-être il n'ose plus penser !

SCÈNE II.

ANTIOCHUS, ARSACE.

ARSACE.

Ah! quel heureux destin en ces lieux vous renvoie,
Seigneur !

ANTIOCHUS.

Si mon retour t'apporte quelque joie,
Arsace, rends-en grâce à mon seul désespoir.

ARSACE.

La reine part, seigneur.

ANTIOCHUS.

Elle part ?

ARSACE.

Dès ce soir ;
Ses ordres sont donnés. Elle s'est offensée
Que Titus à ses pleurs l'ait si long-temps laissée.
Un généreux dépit succède à sa fureur :
Bérénice renonce à Rome, à l'empereur ;
Et même veut partir avant que Rome instruite
Puisse voir son désordre et jouir de sa fuite.

Elle écrit à César.

ANTIOCHUS.

O ciel ! qui l'aurait cru !

Et Titus ?

ARSACE.

A ses yeux Titus n'a point paru.
Le peuple avec transport l'arrête et l'environne,
Applaudissant aux noms que le sénat lui donne ;
Et ces noms, ces respects, ces applaudissemens,
Deviennent pour Titus autant d'engagemens,
Qui le liant, seigneur, d'une honorable chaîne,
Malgré tous ses soupirs et les pleurs de la reine,
Fixent dans son devoir ses vœux irrésolus.
C'en est fait ; et peut-être il ne la verra plus,

ANTIOCHUS.

Que de sujet d'espoir, Arsace ! je l'avoue
Mais d'un soin si cruel la fortune me joue ;
J'ai vu tous mes projets tant de fois démentis
Que j'écoute en tremblant tout ce que tu me dis,
Et mon cœur, prévenu d'une crainte importune,
Croit même en espérant irriter la fortune.
Mais que vois-je ! Titus porte vers nous ses pas;
Que veut-il ?

SCÈNE III.

TITUS, ANTIOCHUS. ARSACE.

TITUS *à sa suite.*

Demeurez : qu'on ne me me suive pas
(*A Antiochus.*)
Enfin, prince, je viens dégager ma promesse.
Bérénice m'occupe et m'afflige sans cesse :
Je viens, le cœur percé de vos pleurs et des siens,
Calmer des déplaisirs moins cruels que les miens.
Venez, prince, venez : je veux bien que vous-même
Pour la dernière fois vous voyiez si je l'aime.

SCÈNE IV.

ANTIOCHUS, ARSACE.

ANTIOCHUS.

Eh bien, voilà l'espoir que tu m'avais rendu,
Et tu vois le triomphe où j'étais attendu !
Bérénice partait justement irritée ;
Pour ne la plus revoir Titus l'avait quittée !
Qu'ai-je donc fait, grand dieux ! quel cours infor-
A ma funeste vie aviez-vous destiné? [tuné
Tous mes momens ne sont qu'un éternel passage
De la crainte à l'espoir, de l'espoir à la rage.
Et je respire encor ! Bérénice ! Titus !
Dieux cruels ! de mes pleurs vous ne vous rirez plus,

SCENE V.

TITUS, BÉRÉNICE, PHÉNICE.

BÉRÉNICE.

Non, je n'écoute rien. Me voilà résolue ;
Je veux partir. Pourquoi vous montrer à ma vue ?
Pourquoi venir encore aigrir mon désespoir ?
N'êtes-vous pas content ? Je ne veux plus vous voir.

TITUS.

Mais de grâce écoutez.

BÉRÉNICE.

Il n'est plus temps.

TITUS.

Madame,
Un mot.

BÉRÉNICE.

Non.

TITUS.

Dans quel trouble elle jette mon ame !
Ma princesse, d'où vient ce changement soudain ?

BÉRÉNICE.

C'en est fait, Vous voulez que je parte demain,
Et moi j'ai résolu de partir tout à l'heure ;
Et je pars.

TITUS.

Demeurez.

BÉRÉNICE.

Ingrat ! que je demeure,
Et pourquoi ? pour entendre un peuple injurieux
Qui fait de mon malheur retentir tous ces lieux !
Ne l'entendez-vous pas cette cruelle joie,
Tandis que dans les pleurs moi seule je me noie ?
Quel crime, quelle offense a pu les animer ?
Hélas ! et qu'ai-je fait que de vous trop aimer ?

TITUS.

Ecoutez-vous, madame, une foule insensée ?

BÉRÉNICE.

Je ne vois rien ici dont je ne sois blessée.
Tout cet appartement préparé par vos soins,
Ces lieux de mon amour si long-temps les témoins,
Qui semblaient pour jamais me répondre du vôtre,
Ces festons où nos noms enlacés l'un dans l'autre
A mes tristes regards viennent partout s'offrir,
Sont autant d'imposteurs que je ne puis souffrir,
Allons, Phénice.

TITUS.

O Ciel ! que vous êtes injuste !

BÉRÉNICE.

Retournez, retournez vers ce sénat auguste
Qui vient vous applaudir de votre cruauté.
Eh bien ! avec plaisir l'avez-vous écouté ?
Etes-vous pleinement content de votre gloire ?
Avez-vous bien promis d'oublier ma mémoire ?
Mais ce n'est pas assez expier vos amours,
Avez-vous bien promis de me trahir toujours ?

TITUS.

Non, je n'ai rien promis. Moi, que je vous haïsse ?
Que je puisse jamais oublier Bérénice ?
Ah ! dieux, dans quel moment son injuste rigueur
De ce cruel soupçon vient affliger mon cœur !
Connaissez-moi, madame, et depuis cinq années
Comptez tous les momens et toutes les journées
Où, par plus de transports et par plus de soupirs,
Je vous ai de mon cœur exprimé les désirs ;
Ce jour surpasse tout. Jamais, je le confesse,
Vous ne fûtes aimée avec tant de tendresse ;
Et jamais...

BÉRÉNICE.

Vous m'aimez, vous me le soutenez ;
Et cependant je pars, et vous me l'ordonnez ! [mes ?
Quoi ! dans mon désespoir trouvez-vous tant de char-
Craignez-vous que mes yeux versent trop peu de
Que me sert de ce cœur l'inutile retour ? [larmes ?
Ah, cruel ! par pitié montrez-moi moins d'amour;
Ne me rappelez point une trop chère idée,
Et laissez-moi partir du moins persuadée
Que, déjà de votre ame exilée en secret,
J'abandonne un ingrat qui me perd sans regret.

(*Titus lit une lettre.*)

Vous m'avez arraché ce que je viens d'écrire.
Voilà de votre amour tout ce que je désire :
Lisez, ingrat, lisez et me laissez sortir.

TITUS.

Vous ne sortirez point, je n'y puis consentir.
Quoi ! ce départ n'est donc qu'un cruel stratagème!
Vous ch rchez à mourir ! et de tout ce que j'aime
Il ne restera plus qu'un triste souvenir !
Qu'on cherche Antiochus ; qu'on le fasse venir.

(*Bérénice se laisse tomber sur un siège.*)

SCÈNE VI.

TITUS, BÉRÉNICE.

TITUS.

Madame, il faut vous faire un aveu véritable.
Lorsque j'envisageai le moment redoutable
Où, pressé par les lois d'un austère devoir,
Il fallait pour jamais renoncer à vous voir ;
Quand de ce triste adieu je prévis les approches,
Mes craintes, mes combats, vos larmes, vos repro-[ches
Je préparai mon ame à toutes les douleurs
Que peut faire sentir le plus grand des malheurs :
Mais, quoique je craignisse, il faut que je le die
Je n'en avais prévu que la moindre partie :
Je croyais ma vertu moins prête à succomber,
Et j'ai honte du trouble où je la vois tomber.
J'ai vu devant mes yeux Rome entière assemblée
Le sénat m'a parlé : mais mon ame accablée
Ecoutait sans entendre, et ne leur a laissé
Pour prix de leurs transports qu'un silence glacé.
Rome de votre sort est encore incertaine ;
Moi-même à tous momens je me souviens à peine
Si je suis empereur ou si je suis Romain.
Je suis venu vers vous sans savoir mon dessein :
Mon amour m'entraînait, et je venais peut-être
Pour me chercher moi-même et pour me reconnaître.
Qu'ai-je trouvé ? Je vois la mort peinte en vos yeux ;
Je vois pour la chercher que vous quittez ces lieux.
C'en est trop. Ma douleur, à cette triste vue,
A son dernier excès est enfin parvenue :
Je ressens tous les maux que je puis ressentir ;
Mais je vois le chemin par où j'en puis sortir.
Ne vous attendez point que, las de tant d'alarmes,
Pour un heureux hymen je tarisse vos larmes.
En quelque extrémité que vous m'ayez réduit,
Ma gloire inexorable à toute heure me suit ;
Sans cesse elle présente à mon ame étonnée
L'empire incompatible avec notre hymenée,
Me dit qu'après l'éclat et les pas que j'ai faits
Je dois vous épouser encor moins que jamais.
Oui, madame, et je dois moins encor vous dire
Que je suis prêt pour vous d'abandonner l'empire,
De vous suivre, et d'aller, trop content de mes fers,
Soupirer avec vous au bout de l'univers.
Vous-même rougiriez de ma lâche conduite
Vous verriez à regret marcher à votre suite
Un indigne empereur sans empire, sans cour,
Vil spectacle aux humains des faiblesses d'amour.
Pour sortir des tourmens dont mon ame est la proie
Il est, vous le savez, une plus noble voie ;
Je me suis vu, madame, enseigner ce chemin
Et par plus d'un héros et par plus d'un Romain ;
Lorsque trop de malheurs ont lassé leur constance
Ils ont tous expliqué cette persévérance
Dont le sort s'attachait à les persécuter
Comme un ordre secret de n'y plus résister.
Si vos pleurs plus long-temps viennent frapper ma [vue,
Si toujours à mourir je vous vois résolue,
S'il faut qu'à tous momens je tremble pour vos jours,
Si vous ne me jurez d'en respecter le cours,
Madame, à d'autres pleurs vous devez vous attendre ;
En l'état où je suis je puis tout entreprendre,
Et je ne réponds pas que ma main à vos yeux
N'ensanglante à la fin nos funestes adieux.

BÉRÉNICE.

Hélas !

TITUS.

Non, il n'est rien dont je ne sois capable.
Vous voilà de mes jours maintenant responsable :
Songez-y bien, madame ; et si je vous suis cher...

SCÈNE VII.

TITUS, BÉRÉNICE, ANTIOCHUS.

TITUS.

Venez, prince, venez, je vous ai fait chercher.
Soyez ici témoin de toute ma faiblesse ;
Voyez si c'est aimer avec peu de tendresse ;
Jugez-nous.

ANTIOCHUS.

Je crois tout : je vous connais tous deux.
Mais connaissez vous-même un prince malheureux.
Vous m'avez honoré, seigneur, de votre estime ;
Et moi, je puis ici vous le jurer sans crime,
A vos plus chers amis j'ai disputé ce rang ;
Je l'ai disputé même aux dépens de mon sang.
Vous m'avez malgré moi confié, l'un et l'autre,
La reine son amour, et vous, seigneur, le vôtre.
La reine, qui m'entend, peut me désavouer ;
Elle m'a vu toujours, ardent à vous louer,
Répondre par mes soins à votre confidence.
Vous croyez m'en devoir quelque reconnaissance ;
Mais le pourriez-vous croire en ce moment fatal
Qu'un ami si fidèle était votre rival ?

TITUS.

Mon rival !

ANTIOCHUS.

Il est temps que je vous éclaircisse,
Oui, seigneur, j'ai toujours adoré Bérénice.
Pour ne la plus aimer j'ai cent fois combattu ;
Je n'ai pu l'oublier : au moins je me suis tu.
De votre changement la flatteuse apparence
M'avait rendu tantôt quelque faible espérance ;
Les larmes de la reine ont éteint cet espoir
Ses yeux baignés de pleurs demandaient à vous voir ;
Je suis venu, seigneur, vous appeler moi-même.
Vous êtes revenu. Vous aimez, on vous aime ;
Vous vous êtes rendu : je n'en ai point douté.
Pour la dernière fois je me suis consulté ;
J'ai fait de mon courage une épreuve dernière ;
Je viens de rappeler ma raison tout entière ;
Jamais je ne me suis senti plus amoureux
Il faut d'autres efforts pour rompre tant de nœuds:
Ce n'est qu'en expirant que je puis les détruire ;
J'y cours. Voilà de quoi j'ai voulu vous instruire.
Oui, madame, vers vous j'ai rappelé ses pas,
Mes soins ont réussi ; je ne m'en repens pas
Puisse le ciel verser sur toutes vos années
Mille prospérités l'une à l'autre enchaînés !
Ou s'il vous garde encor un reste de courroux,
Je conjure les dieux d'épuiser tous les coups
Qui pourraient menacer une si belle vie
Sur ces jours malheureux que je vous sacrifie.

BÉRÉNICE *se levant*.

Arrêtez, arrêtez ! prince trop généreux.

En quelle extrémité me jettez-vous tous deux !
Soit que je vous regarde, ou que je l'envisage,
Partout du désespoir je rencontre l'image ;
Je ne vois que des pleurs, et je n'entends parler
Que de trouble, d'horreurs de sang prêt à couler.
(*A Titus.*)
Mon cœur vous est connu, seigneur, et je puis dire
Qu'on ne l'a jamais vu soupirer pour l'empire ;
La grandeur des Romains, la pourpre des Césars
N'a point, vous le savez, attiré mes regards.
J'aimais, seigneur, j'aimais, je voulais être aimée.
Ce jour, je l'avouerai, je me suis alarmée ;
J'ai cru que votre amour allait finir son cours ;
Je connais mon erreur, et vous m'aimez toujours.
Votre cœur s'est troublé, j'ai vu couler vos larmes.
Bérénice, seigneur, ne vaut point tant d'alarmes,
Ni que par votre amour l'univers malheureux,
Dans le temps que Titus attire tous ses vœux,
Et que de vos vertus il goûte les prémices,
Se voie en un moment enlever ses délices.
Je crois, depuis cinq ans jusqu'à ce dernier jour,
Vous avoir assuré d'un véritable amour :
Ce n'est pas tout ; je veux en ce moment funeste
Par un dernier effort couronner tout le reste ;
Je vivrai, je suivrai vos ordres absolus.
Adieu, seigneur, régnez : je ne vous verrai plus.
(*A Antiochus.*)
Prince, après cet adieu vous jugez bien vous-même
Que je ne consens pas de quitter ce que j'aime
Pour aller loin de Rome écouter d'autres vœux.
Vivez et faites-vous un effort généreux.
Sur Titus et sur moi réglez votre conduite ;
Je l'aime, je le fuis ; Titus m'aime, il me quitte ;
Portez loin de mes yeux vos soupirs et vos fers.
Adieu. Servons tous trois d'exemple à l'univers
De l'amour la plus tendre et la plus malheureuse
Dont il puisse garder l'histoire douloureuse.
Tout est prêt. On m'attend. Ne suivez point mes pas.
(*A Titus.*)
Pour la dernière fois, adieu, seigneur.

ANTIOCHUS.

Hélas !

FIN DE BÉRÉNICE.

Nancy, Imprimerie de HINZELIN et Ce, rue Saint-Dizier, n° 67.

EN VENTE CHEZ LE MÊME LIBRAIRE.

www.ingramcontent.com/pod-product-compliance
Lightning Source LLC
LaVergne TN
LVHW020503230826
846091LV00008BA/3319

* 9 7 8 2 0 1 4 4 3 0 3 7 0 *